·A·Gruié·

·FABLES·

Livre Premier.

PARIS.

E. DENTU, Libraire-Éditeur.

Palais-Royal.

1864.

Prix : 1 F.

FABLES

A. GRUIÉ.

FABLES

—

Livre Premier.

—

PARIS

E. DENTU, LIBRAIRE-ÉDITEUR,

PALAIS-ROYAL, GALERIE D'ORLÉANS.

—

1864

Fable I.

—

Le Chêne et la Vigne.

Au pied d'un chêne une vigne était née.
Quelle eût été sans lui
Sa triste destinée !
Couchée au sol, faute d'appui,
La pauvre plante abandonnée
Tous les ans aurait épuisé
En des fruits sans saveur une sève inutile ;
Et le pied d'un passant bientôt aurait brisé
L'arbrisseau gênant et stérile.
Mais le chêne se trouvait là,
Il protégea le frêle arbuste
Qui, s'appuyant sur lui, grandit et s'enroula
Jusqu'au haut de l'arbre robuste.
A ses féconds rameaux si maintenant il croît
De doux raisins mûris par le soleil d'automne,
C'est la vigne qui nous les donne,
Mais ç'est au chêne qu'on les doit.

———

Fable II.

—

Les deux Marchands.

Un jour aux flâneurs de la ville
Un marchand d'esprit vint s'offrir :
— Va donc ! L'on pourrait t'en fournir ;
Le tien, brave homme, est inutile, —
Dirent-ils tous jusqu'au dernier.
Survint un marchand de sottises,
Et vite on vida son panier.

De l'une de ces marchandises
Nous sommes tous fort bien pourvus
Je ne vous dirai pas laquelle ;
Mais, pour le sûr, ce n'est pas celle
Dont nous croyons avoir le plus.

Fable III.

—

Le Chasseur, le Lézard et la Vipère.

Un jour, dans un bois solitaire,
Fatigué par sa course et l'ardeur du soleil,
Tout de son long couché par terre,
Un chasseur reposait d'un paisible sommeil.
Le ciel voulut (je parle au sage,
Car beaucoup diraient le hasard)
Qu'en ce moment sur son visage
Vînt se fourvoyer un lézard.
Notre homme en sursaut se réveille,
Jurant de façon sans pareille.
Le lézard veut fuir, mais en vain :
Il le saisit d'une main courroucée,
Et bientôt, sur un roc voisin,
L'innocente bête est brisée...
Quant au chasseur, il se rendort.
Mais sous l'herbe en rampant jusqu'à sa main s'avance
Une vipère qui le mord :

C'était du ciel une vengeance,
Car le chasseur ne se réveilla plus.

Nos faux amis nous trouvent sans défense ;
Le plus souvent les vrais sont méconnus.

Fable IV.

—

La Goutte d'Huile.

Si l'on met dans un verre d'eau
Une goutte d'huile, on a beau
Mêler le tout, l'huile surnage.
Cette huile de la vérité,
Mes amis, nous offre l'image.
Parfois l'homme, en sa vanité,
De l'étouffer sous un mensonge
S'imagine avoir trouvé l'art :
C'est toujours en vain qu'il y songe ;
La vérité luit tôt ou tard.

———

Fable V.

—

La Fourmi malade.

En emportant
Dans ses greniers un fardeau trop pesant,
Une fourmi s'était cassé la patte.
Aussitôt elle fit venir
Du voisinage l'Hippocrate :
Il répondit de la guérir.
— Ah ! bon docteur, vous me rendez la vie,
Dit la malade avec un gros soupir ;
Mais que me coûteront vos bons soins, je vous prie ?
— Presque rien :
Il sera temps, quand vous serez guérie...
— Mais encore, combien ?
J'aime que toujours en affaires
Le prix d'avance soit réglé.
— Soit : vous pairez pour honoraires
Cinq grains de blé. — Cinq grains de blé !
Vous plaisantez, je crois, à moins que je sommeille.
Ignorez-vous combien, pour avoir rassemblé
Une somme pareille,

Il m'a fallu de temps, de travaux et d'efforts ?...
         — Bah ! vous êtes riche à trésors.
— Moi riche ! On a menti... D'ailleurs, il n'est remède
Qui ne me fasse horreur. Adieu, docteur, adieu.
Je sens que je vais mieux, grand merci de votre aide.
Je me guérirai bien sans vous, s'il plaît à Dieu. —
A quelques jours de là, la douleur fut si vive
Qu'il fallut rappeler le docteur : il arrive.
         Mais le mal a fait des progrès.
         Une opération difficile et cruelle
Est urgente à présent. Voilà bien d'autres frais !
         Notre avare, à cette nouvelle,
         Eut pour sa bourse si grand peur
         Qu'elle en oublia sa douleur
         Et renvoya l'opérateur.
         Voilà qu'au bout d'une semaine
         Le mal redouble. La gangrène
         S'y met et s'y répand soudain :
         C'est l'agonie et ses détresses.
         Vite, vite, le médecin !
         L'avare lui promet en vain
         Moitié de toutes ses richesses.
         — Il est trop tard, dit le savant;
         Vous ne verrez point l'autre aurore.
         De faire votre testament
         Juste le temps vous reste encore. —
         La fourmi ne l'eut même pas.
         Rien ne recule le trépas,

Il faut partir quand l'heure sonne.
Elle n'avait aimé personne,
Personne ne la regretta,
Et la cigale en hérita.

Fable VI.

—

Pantoufles et Savates.

Une pauvre savate eut, un jour, le malheur
De heurter, ou plutôt d'effleurer par mégarde
    La pantoufle d'un grand seigneur.
— Tu paîras cette audace, ô vile campagnarde ! —
    Lui dit, en la rouant de coups,
    La noble pantoufle en courroux.
    L'autre supporta sans se plaindre
Cet outrage, et plus tard tant d'autres, qu'à la fin
Elle se révolta, lasse de se contraindre.
    Et l'on put voir, un beau matin,
La savate aux gros clous, à la rude semelle,
    Déchirer en mille débris
La pantoufle naguère insolente et cruelle.

    Grands, qui rudoyez les petits,
    C'est à vous que ceci s'applique.
    Souvenez-vous que, dans le fait,
Pantoufles de seigneur, savates de valet,
    Sortent de la même boutique.

———

Fable VII.

—

Les deux vieux Chevaux.

Conduits par le fouet d'un enfant,
Deux vieux chevaux, clopin-clopant,
S'en allaient à l'équarissage.
Ils prouvaient, tout en cheminant,
Que ni la misère ni l'âge
Ne suffisent à rendre sage,
Et que rien ne guérit la rage
De vouloir être un personnage
Et de s'estimer important.
Nous sourions, nous autres hommes :
C'est pourtant ainsi que nous sommes.
Pour nous est-ce un mal ? Est-ce un bien ?
A vrai dire, je n'en sais rien.
Il est beaucoup de gens peut-être
Qui, s'ils se voyaient tels qu'ils sont,
Rougiraient fort de le paraître
Et n'oseraient lever le front.
Je reviens à mes haridelles.
L'une voulait marcher devant,
L'autre en prétendait faire autant,
Et de là venaient leurs querelles.

— Toi, me dépasser ! De quel droit ?
Rien qu'à ton poil usé l'on voit
Que tu fus toujours une rosse,
Indigne même d'un carrosse,
Et bonne à traîner tout au plus
Des fiacres ou des omnibus.
Apprends qu'en mainte circonstance
Les journaux ont parlé de moi,
Que dans vingt courses je fus roi,
Qu'enfin je suis d'une naissance
A ne pas souffrir l'insolence
D'un misérable comme toi ! —
— Holà ! repartit en colère
Le compagnon de route. Arrière !
Tu m'outrages ! Y songes-tu ?
Or sus ! Arrière donc, canaille !
Moi je fus cheval de bataille,
C'est à moi que l'honneur est dû !
Pendant que l'une et l'autre bête
Ainsi se disputaient le pas,
Leur voyage finit, hélas !
Tous deux de front, dressant la tête,
Ils franchirent le seuil fatal.
L'un crut entrer au Tattersall,
Et l'autre au camp de la victoire :
On en fit du noir animal.
C'est ainsi que passe la gloire.

———

Fable VIII.

—

Les Chercheurs de Poux.

C'était dans un pensionnat.
On avait pris à gage un certain pauvre hère
    A la mine patibulaire,
    Moitié frater, moitié goujat.
    S'il est vrai, comme a dit un sage,
Que le soin que l'on prend du corps et du visage
    Soit un signe auquel on connaît
        Les consciences nettes,
        Cet homme là devait
    Avoir commis plus d'un méfait :
Vous ne l'eussiez touché même avec des pincettes,
    Tant il était crasseux et laid.
Notre manant avait pour charge spéciale
De peigner les enfants et de chercher leurs poux,
    Métier d'ailleurs fort en ses goûts ;
    Il y mettait une ardeur sans égale.
    La vermine fut par son soin
    Si bien traquée et poursuivie,
Qu'elle dut déguerpir sous peine de la vie.
    Mais elle n'alla pas bien loin ;

La tête du vilain lui fournit un asile
        Sûr et tranquille
    Pour s'y multiplier en paix :
C'était la seule, hélas ! qu'il ne peignait jamais.
    Du malotru que restait-il à faire ?
        Un bouc émissaire.
    On le jeta, l'on eut raison,
    A la porte de la maison.

Dans le monde des arts comme en celui des lettres,
Lorsqu'un aiglon s'élance au soleil, cent hiboux
Le maudissent dans l'ombre, impuissants et jaloux;
Les médiocrités insultent à leurs maîtres,
Et partout le génie a ses chercheurs de poux.
    Voyez plutôt : la meute des critiques
Remplit ce bon office à l'égard des auteurs;
L'incurable routine en cherche aux inventeurs;
Et de maigres journaux, eunuques politiques,
        Des ongles et des dents
        En cherchent aux gouvernements....
    Ces bonnes gens, en conscience honnête,
Ne feraient-ils pas mieux de se laver la tête !...

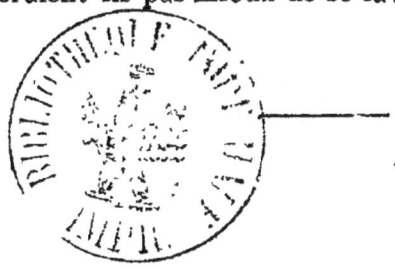

Fable IX.

Le beau Coquillage et l'Huître.

La mer, un jour, avait jeté
Sur le sable de son rivage,
Auprès d'un brillant coquillage,
L'huître grisâtre et sans beauté

— Qu'as-tu donc fait à la nature,
Lui dit le premier en raillant,
Qu'elle te fit en t'habillant
Une si laide créature?...

Tandis que moi, doré, vermeil,
Elle a sur ma riche coquille
Répandu la nacre qui brille
De tous les rayons du soleil. —

L'huître, d'un naturel timide,
A ces mots ne répondit pas ;
Mais elle souhaita tout bas
D'être au fond de la plaine humide.

Un pêcheur qui passait par là
Mit fin à ce vain bavardage,
Et, sans façon, du coquillage
Prenant la chair, il l'avala.

Mais, en ouvrant l'huître commune,
Combien ses yeux furent surpris!
Une perle du plus grand prix
S'y cachait et fit sa fortune.

A tous les yeux de se montrer
Jamais la vertu ne s'efforce;
Et sous une grossière écorce
On peut souvent la rencontrer.

Fable X.

—

La Poule et la couvée de Canards sauvages.

Un paysan, dans l'herbe du marais
Ayant trouvé des œufs de canne voyageuse,
Les glissa dans le nid d'une poule couveuse
    Au lieu des siens pondus tout frais.
    La poule était peu curieuse
    Et ne s'aperçut point du tour.
Tant et si bien elle couva, qu'un jour
De petits canetons une bande jóyeuse,
S'échappant de son nid, peupla la basse-cour.
    Il faut voir comme elle est active
    Et les entoure de doux soins;
      Comme, alerte, attentive,
    Elle veille à tous leurs besoins!
    Mais parmi l'espèce emplumée,
    Tout comme chez nous, pauvres gens,
    On n'est pas jeune bien longtemps.
    De se voir ainsi renfermée
    La bande lasse, un beau matin,
    Partit, confiante en son aile,
    Pour voir en un pays lointain

Si la nature était plus belle.
En vain la poule les appelle :
Les ingrats ne l'écoutent pas.
Ils sont déjà bien loin, planant sur la vallée,
Laissant la pauvre désolée
Remplir les airs de ses hélas.
— Tais-toi ! dit un vieux coq au ton aigre et sévère,
(C'était du lieu l'un des doyens),
Tu mérites ton sort, toi qui, mauvaise mère,
Couves les œufs d'une étrangère
Et te laisses voler les tiens. —

Fable XI.

—

La belle Pêche.

Il me souvient qu'étant marmot
J'étais fort ami de la table.
Qui de nous n'a pas le défaut
D'aimer un morceau délectable ?

C'était un jour de grand repas.
Je lorgnais, comme une conquête,
Entre autres mets, tous pleins d'appas,
Une pêche blonde et coquette.

Son velours rose était si frais,
Sa couleur tendre si gentille !
Vous eussiez trouvé moins d'attraits
Sur le front d'une jeune fille.

Jamais le dessert d'un sultan
N'eut tournure plus ravissante ;
La pomme qui perdit Adam
N'était pas plus appétissante.

Le dessert vint : mortel effroi !
Je crus, tant ma crainte était vive,
Prête à la saisir avant moi
Voir la main de chaque convive.

Enfin ! A moi fraîcheur, beauté !
Je tiens l'objet de mon envie.
Je mors... Las ! de l'autre côté,
La belle pêche était pourrie !...

Fable XII.

—

Les deux Lièvres.

Jeannot, chassant, vit sous ses pas
Deux gros lièvres sortir du gîte.
— Ah ! mes gaillards, si beaux, si gras,
Dit-il, vous n'échapperez pas.
A moi, Médor, et vite, et vite !
Grand Saint-Hubert, à moi ! Je veux
Dans mon carnier les voir tous deux ! —
A gauche, à droite, à leur poursuite
Il se mit aussitôt. Mais il s'embarrassa
Dans les ajoncs, baisa le sol, se ramassa...
Pendant ce temps, au nez du bon apôtre,
Nos galopeurs gagnaient les bois.
Il n'attrapa ni l'un ni l'autre :

On ne court pas deux lièvres à la fois.

———

Fable XIII.

—

Le Ruisseau.

Dans un vallon qu'arrosait de son onde
Un clair ruisseau, naissant entre deux monts,
Des laboureurs à la terre féconde
Pour prix de tous leurs soins demandaient des moissons.
Ils avaient construit là, loin du bruit, loin du monde,
 Un hameau de blanches maisons,
 Séjours d'amour et de bien-être,
 Et dont chaque fenêtre
De pampres s'encadrait dans les chaudes saisons.
 Dans cette heureuse colonie,
 Rien qui pût troubler l'harmonie :
 Point de journaux, point d'avocats,
 La haine ne s'y logeait pas.
 D'exploiter l'humaine faiblesse
 Personne n'y connaissait l'art.
Aux peines, aux travaux, chacun avait sa part,
 Et sa part aussi de richesse.
Tant de prospérité fut, pour nos laboureurs,
Perdue en un seul jour. Par leur imprévoyance,

Ce ruisseau, source d'abondance,
Devint celle de leur malheur.
Avec quelques roseaux et de la terre humide
Emprisonnant son lit, ils avaient, imprudents !
Par cette digue peu solide,
Conduit au milieu de leurs champs
Ses méandres obéissants.
Mais, un jour fatal, les nuages
Enfantèrent à l'horizon
Un de ces terribles orages
Qui font chanceler la raison.
Le ciel tout à coup devint sombre,
La foudre gronda sourdement,
Puis ses coups redoublés, sans nombre,
Sillonnèrent le firmament.
A travers la grêle et la pluie,
L'ouragan soufflait en furie ;
Et, sous son gigantesque effort,
Des vieux sapins craquaient les branches,
Et d'effroyables avalanches
Roulaient, semant partout la mort.
Il n'est plus, le ruisseau tranquille
Qui rendait la plaine fertile.
Un torrent furieux a remplacé son cours :
Il bouillonne, mugit, grandit, grandit toujours.
Sans peine il a bientôt brisé ses faibles digues,
Et ses flots écumeux, de désastres prodigues,
Inondent maintenant le vallon désolé.

Adieu, riches meules de blé,
Adieu, troupeaux, moissons dorées ;
Vous n'êtes plus que d'informes débris.
Ces femmes, dont au loin retentissent les cris,
Sont des femmes désespérées....
Voilà ce qu'éclaira le soleil radieux,
Quand, dissipant l'orage, il reparut aux cieux.

L'enfance est un ruisseau docile,
Dont le courant capricieux
Doit être dirigé par une main habile.
Quand le torrent des passions viendra,
Quand le ruisseau deviendra fleuve,
Si la digue est bien faite, elle résistera,
Quelque rude que soit l'épreuve ;
Mais si l'âme est vulgaire et le cœur mal appris,
Mille excès en seront le prix.

Fable XIV.

—

L'Ane et le Cheval.

Un âne étant tombé dans un bourbier profond,
Faisait de vains efforts pour sortir de l'abîme,
Barbottait, pataugeait, mais la pauvre victime
    De plus en plus gagnait le fond.
    Un cheval passe : à sa vue, il s'arrête.
    L'âne lui brait de lui porter secours.
— Eh ! ne voyez-vous pas ! lui dit l'autre, je cours
Où mon maître m'attend.... De ce trou, pauvre bête,
    Le Ciel vous aide à sortir au plus tôt. —
    Puis il repartit au grand trot.

    De telles gens la terre est pleine.
    Chacun vous plaint, maudit le sort bien haut,
Mais pas un ne vous aide à sortir de la peine.

———

—

L'Arbre et le Papillon.

Un arbre aux vastes rameaux
Regardait d'un œil d'envie
Un papillon des plus beaux
Folâtrant dans la prairie.
— Viens, ô joli petit roi
De la phalange fleurie,
Lui dit-il ; viens près de moi.
Des fleurs la tendre corolle,
Lorsque le jour aura fui,
Contre les fureurs d'Eole
Serait un bien frêle appui.
Gracieuses sur leurs tiges
Sont ces fleurs où tu voltiges ;
Mais nature, en ses prodiges,
T'a fait plus charmant encor.
De la rose amant volage,
Viens, et mon épais feuillage
Garantira de l'orage
Tes ailes d'azur et d'or. —
Cédant à ce doux langage

Le papillon accourut
Et, sur l'écorce, pour gage,
Pondit ses œufs ; puis mourut.
Mais quand la feuille nouvelle
Revint avec le zéphyr,
On vit en même temps qu'elle
Du sein de ces œufs sortir,
Et sur les branches courir,
Des innombrables familles
De dévorantes chenilles,
Hideuses larves, par qui
Tout fut rongé sans merci.
Vains furent regrets et plainte,
Et l'arbre puissant et fort,
Se tordant sous cette étreinte,
Y trouva bientôt la mort.

Est-il besoin que je nomme
De ce drame chaque acteur ?
Cet arbre puissant, c'est l'homme ;
Et l'insecte séducteur,
C'est le plaisir, bien frivole,
Ce plaisir vers qui l'on vole,
Qu'on appelle avec ardeur,
Mais qui bientôt prend la fuite,
En nous laissant à sa suite
Tous les vices dans le cœur.

Fable XVI.

La Rose et l'Anémone.

L'anémone était chagrine
Et tristement se plaignait
De ce qu'on la dédaignait
Pour la rose sa voisine.
— Les maîtres de ce jardin
Sont bien sots, se disait-elle ;
Ne suis-je pas aussi belle ?
Et, d'une épine cruelle,
Je ne blesse pas la main
Comme elle.... —
Elle avait tort, en vérité,
De mettre la beauté par-dessus toute chose ;
Ce qui fait le prix de la rose,
C'est son parfum, non sa beauté.

Il ne vous suffit pas, femmes, d'un frais visage
Pour qu'on s'attache à vous.
Vous avez des attraits plus doux ;
C'est à votre vertu surtout qu'on rend hommage.
A la femme sans cœur il n'en revient aucun :
C'est une rose sans parfum.

Fable XVII.

—

L'Aigle et les Moineaux.

Un aigle, voyageant, planait sur un village.
    Une bande de moineaux
L'aperçut et bientôt, en son criard langage,
    Nargua le roi des oiseaux
    Qui, suspendu dans la nue,
    Apparaissait à sa vue
   Trop éloigné pour être dangereux.
   Ils l'insultaient, chétives créatures,
Tout prêts à se cacher dans les trous des toitures
Si, détournant sa course, il eût fondu sur eux.
Mais l'aigle, poursuivant avec indifférence
Son vol majestueux : — D'un essaim piailleur
A quoi bon, se dit-il, châtier l'insolence ?
Ce serait, sur ma foi, lui faire trop d'honneur :
    Je le méprise.
Les injures des sots ne sauraient m'outrager.
   Je laisse à leur propre sottise
   Le soin de me venger. —

Fable .XVIII.

—

ÉPILOGUE.

Le Chien et l'Os.

Le chien n'est pas si sot que nous le supposons.
Il est bon philosophe, et du mépris des hommes
Il se rit à bon droit ; car, tout fins que nous sommes,
Le chien, tout chien qu'il est, nous donne des leçons.
Regardez celui-ci : dans ce recoin de porte
Quelle proie a-t-il faite ? On dirait qu'il emporte
    Un trésor.
Point du tout, c'est un os, un vilain os encor,
Rebut, trois fois rongé, de quelque pauvre table.
Cependant le voilà qui s'arrête à l'écart,
Et son festin commence. On peut voir au regard
Qu'il décoche aux passants, et qui n'a rien d'aimable,
Qu'on serait mal venu d'en demander sa part.
   Avec une ardeur incroyable
Il saisit l'os, le mord, l'étudie et, s'aidant
   Et de la patte et de la dent,
Le tourne, le retourne ; à la fin il le brise.
   De tous les soins qu'il a pris

> Un peu de moelle est le prix,
> Mais cette moelle est exquise.

Ce que j'ai voulu peindre et montrer en ces vers,
C'est la fable elle-même et ses côtés divers.
Si le sage en recherche et savoure l'essence,
Le sot la considère avec indifférence
Et, dans ces fictions, ne découvre qu'un jeu
A plaisir inventé pour l'amuser un peu.
Quelle prétention !... Mais elle vaut, je pense,
La mienne, quand j'entends corriger cette engeance.
En former seulement le vœu,
C'est folie : elle est incurable.
Arrêtons-nous donc là. — Le fond de cette fable
Me fut par Rabelais donné :
Par elle sera terminé
Ce bien modeste et petit livre
Que, non sans trembler, je vous livre.
De sa famille il est l'aîné.
A défaut d'un autre mérite
Qui près du public l'accrédite,
Il aura celui d'être court :
C'en est un, par le temps qui court.
Sur lui tout mon espoir se fonde.
En éclaireur je l'envoie aujourd'hui ;
Mais s'il reçoit bon accueil dans le monde,
Ses frères viendront après lui.

TABLE.

NIORT. — Imprimerie de L. FAVRE et Cⁱᵉ.

www.ingramcontent.com/pod-product-compliance
Lightning Source LLC
Chambersburg PA
CBHW060857180626
46818CB00004B/1740